Blake Doll

B IS FOR BLAKE
AND

BOTTOM

JON AGEE
Z GOES HOME

MICHAEL DI CAPUA BOOKS · HYPERION

ALIEN

BRIDGE

CAKE

DOUGHNUT

FACTORY

GARGOYLE

HURDLES

MIRROR

PALM

QUICKSAND

ROCKS

7

SEASHORE

TROPHY

UNIFORMS

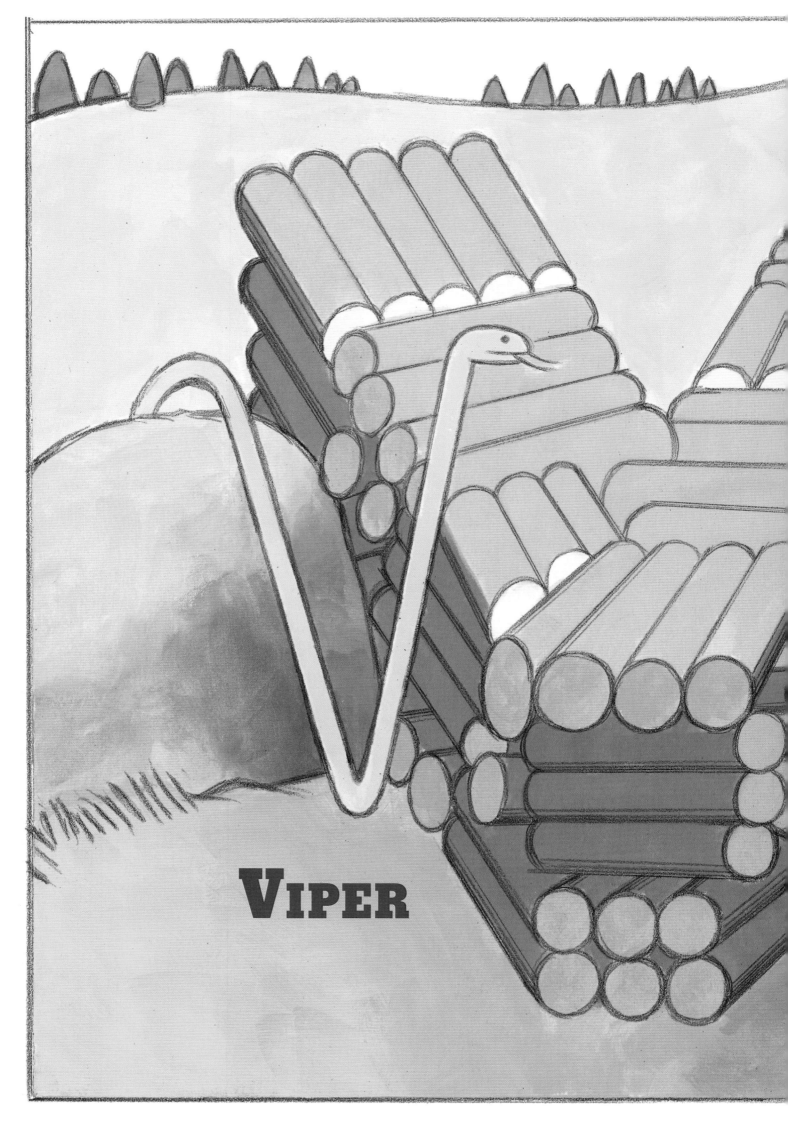

VIPER

WOODPILE

XEROXES

ALIEN a thing from outer space **BRIDGE** it goes over a river **CAKE** you eat it on your birthday **DOUGHNUT** you dunk it in hot cocoa **EARTHQUAKE** it shakes up the ground **FACTORY** a building where stuff is made **GARGOYLE** a sculpture of a monster on top of a building **HURDLES** contraptions that you jump over **INK** a liquid that stains your clothes **JETTY** a long wall sticking out into the harbor **KARATE** a way to kick and punch **LABYRINTH** a maze **MIRROR** where you see your reflection **NEWSPAPER** where you read all about it **OAK** a big tree you climb **PALM** a shady tree you lie under **QUICKSAND** loose wet sand that swallows you up **ROCKS** large masses of stone **SEASHORE** where you get a tan **TROPHY** a shiny prize the winners get **UNIFORMS** what people wear when they're on the same team **VIPER** a poisonous snake **WOODPILE** a stack of logs **XEROXES** photocopies **YOGA** a bunch of spiritual exercises **ZOWIE!** what you say when you finish this book!